后浪

我无法为你读诗

殷龙龙

著

北京联合出版公司
Beijing United Publishing Co., Ltd.

凡事都有定期，天下万务都有定时：

生有时，死有时。栽种有时，拔出所栽种的也有时。

杀戮有时，医治有时。拆毁有时，建造有时。

哭有时，笑有时。哀恸有时，跳舞有时。

抛掷石头有时，堆聚石头有时。怀抱有时，不怀抱有时。

寻找有时，失落有时。保守有时，舍弃有时。

撕裂有时，缝补有时。静默有时，言语有时。

喜爱有时，恨恶有时。争战有时，和好有时。

这样看来，作事的人在他的劳碌上有什么益处呢？

目 录

醉舟——给我的祖国 1

自画像 3

小步舞曲 5

简介 11

离开家的小伙子 12

收废品的小伙子 14

说树 18

从剧场回来，路上 20

和你有关的一首诗 21

冬天的诗 22

东明胡同 24

银锭观山 26

泪水 28

好地方——王以培远游 31

旧鼓楼心迹 33

旧鼓楼大街 37

我们偶尔说的 40

四月 42

天空和脸 43

野游 44

八月印象 46

大隼 48

蚂蚁和山 50

我常常想 52

休息 53

看望诗人食指 54

换句话说 57

游乐园里的大观缆车 59

夏天 62

旧作拾遗 63

灿烂融入心髓　64

把原来的标题去掉的诗　67

隐居　69

中国酒吧　71

恩雅　74

漫谈　76

出门远行　79

暖冬，几首诗　81

切头去尾　87

代替　88

几句话　90

淡淡的话语　94

我的　96

一条没有名字的河叫窑坑　100

想你时　101

前海　102

西海　104

真的　105

大龙食品店　106

一般般　108

后海　110

借一场风雪　112

洗脑　116

啊对，想起来了　118

多余的话　120

玻璃钟　123

第五声钟　126

长萱草　128

药草苦香　131

三行诗　135

打电话 136

分别多日 137

大地之情 139

在前海的一个酒吧 141

雕刻时光 142

春天，我一息尚存 144

同类 146

真实 149

分特 151

石头 153

春节回家 155

无题 156

母亲和我 157

六月 158

星期天的告别 160

不着边际的香山，周云蓬 161

蝙蝠 163

火锅 165

仿四川山歌 166

一条路 167

我不能在天上见到亲人 168

祈祷诗 170

北京故事 171

福杯满溢 174

火车小站 179

软肋 180

杨家桥村 182

人是人，妖是妖 183

槲树 185

倒着活 188

别的 189

满嘴跑火车 190

鸟诗 191

殷龙龙诗歌朗诵会 193

四月 195

逃生 196

穿 11 月 197

祖国宠物 200

款冬 201

等你等到蒜打蔫 202

徐家汇黄昏 204

那是谁的心脏

　　　每天照常升起 205

浪诗 206

清秋 209

与栗宪庭合影 211

旅行 212

写译六行 214

传闲话 215

火车如烟 216

去或者留 218

天天飞 222

炒豆 223

十一月·水泥地 224

醉舟

——给我的祖国

我如泛泛的浮萍

在欢爱与痛苦的海洋中

远航。酿着苦酒

我自斟自饮

斜视着你

我载着蝴蝶般的阳光

在你广场上

英雄似的驶过

绿色的帆吹起我的云发

犹如春风召唤你的波涛

鸟儿哼着自由的歌曲

向彼岸展开羽翼

花的黄昏。星星呢?

星星在我面前

跌落了许多浪漫的色彩

我是苟活者

祖国，假若你是呐喊的黎明

假若童年和气球一样脆弱

那棕色的早晨

合唱青春的花朵

一束理想在心中

窥视你的性格

我如泛泛的浮萍

在欢爱与痛苦的海洋中

远航。酿着苦酒

我自斟自饮

斜视着你

你是岁月的泪水

我是醉舟

自画像

我老早想买一套画具
白白胖胖的，属于男人的
泪水从一只眼滚到另一只眼里的画具
临摹世界名家，或
自己独创一种肚子越来越大的流派
或干脆用头发

你咮咮笑着
左边的瀑布瞧着一地争执
已经入口的月亮不知不觉歪了出来

你是我的宝贝

你有一张驴脸
可怜的非洲在这种状态下人人骨瘦如柴
一筹莫展的额头和下巴露出谎言
胸膛却被莫名其妙的理由

截去了，扔在一旁

如同不久前爬到我身上的色彩

褪去最后的肉

我的心已得到了颇为舒适的悲哀

小步舞曲

1
我的心听见了敲门声，他是贾岛吗?

2
不，不是。
我的灵感是一枚枚美丽的贝壳，献给人们。

3
你在世界的地图上，
找不到我心灵之路。

4
清脆的美叫道：天真是我的启蒙老师。

5

让自由的心赋予飞鸟一种闪光的灵感吧！

无穷动的波澜才是你一抹朝霞的情绪。

6

让我把夏天的趣事告诉你吧，

在那秋湖岸边。

7

姐姐还是从前的姐姐，

弟弟现在却长高了。

8

当那个最漂亮的小女孩叫你叔叔时，你不觉得幸福吗？

9

我有两个女友：一个叫范一，一个叫安力。

10

画的名字叫静物。

诗的名字叫无题。

11

钱的创造中，发的奖金说成是一篇童话。

12

如果巨人能飞翔，它也会失去重量。

13

一幢楼房斜挂着一角广告色的天空。

14

定音鼓跳出，他用手一指：

上来吧！朝阳。

15

我们曾经约好，

我们又都苦笑。

16

心上的秋天莫过于一个愁字。

17
雪
飘落了多少空白的相思文学。

18
月光
你的言语是春风
你的沉默是黎明,

月光
我孤独有声。

19
我们从生的法典,
知道了死的勇敢。

20

诗是被赞美的。

大海是被抛弃后赞美的。

21

在海与沙面前，我拾起了诗，

在诗与真面前，我获得了爱，

在爱面前，我——一无所有。

22

"你躲在那里干吗？我亲爱的提琴小姐。"

"钢琴先生，您替我谢幕吧！"

简介

一个死了，另一个就是我，
面貌已被你们掳去，
用作原料。

两片抽象的云，
伸手可及。

铝合金的城市，
锈迹斑斑。
我如何擦掉这一生——

让我走近你们，
吸吮你们的汁液，
同时，默默地，展开诗篇。

离开家的小伙子

我看到我的贫穷时，
它已老了，连同它的话语。
沟壑纵横，群山在远处放光。
我希望再过一次暖冬，
和母亲朝夕相处。

母亲啊，你的泪浸湿了包裹，
里面存着大大小小的离别，
你告诉我：
身后有狮子的舞蹈，
也有看不见摸不着的东西。

海水倒进去也得消失。
我想象着母亲。
她的皱纹能播种。

我读过一些书，

缺乏的正是不喜欢的。

我喜欢女人、财富和潜移默化了的事物。

其他的，被我忽略的，

它们口渴。它们把我的头按到火车里，

尽可能不去想你，母亲！

我的苦不算多，

只是这里的水太少了，

连同清澈的快乐。

无论走到哪里，

我都会在干活时唱歌。

歌声仅仅高过了皮肤。

我无法把你和祖国唱在一起，

母亲，你没见过外面的世界，

你的儿子却在大地上漂泊。

收废品的小伙子

在你看来，

我不过是大地打出来的喷嚏。

妈妈，毫无着落的日子

在前面，

像一个人抬起下巴。

这份外来的勇气，

只为我贴一张白纸，

比自己高出许多的清晨反而沉默。

妈妈，我看到我的明星照了。

打工的人无论怎么苦，

也要碾碎自己的路。

我有一车寒冷的心愿嘎吱作响，

压在身上的东西，

妈妈，你知道它们高贵的身份

和最卑微的生活。

远山踩出一些凹痕，

那是我的风餐露饮。

只有后背生锈了，它紧挨着，

挨着麦当劳餐厅外的金黄色的墙壁，

双手反复拍打帽子

和冬天的光明。

离乡背井的故事总有很多，

为什么我们的劳动一如黄土？

我希望，我是为我活着的最后一人，

家园丢失了，妈妈，

泪水里浮出一面鼓，

它在着火，在倾诉！

家园丢失了，妈妈，

你会再次拾起广漠的孤独——

我的出走，不亚于秋收前的一场雹灾。

长途地跋涉真正洁白，

它在疲倦中无声地敞开。

妈妈，你千万别来，

即使我的青春随着失散的书本

一同飘去，

大地被淹没了光辉。

临近岁末，最善良的女孩对我唱歌，

她朴实无华，

她的胴体近于田野上的雾。

如果在鲜红的祖国无人相亲相爱，

天空下无花开放，

妈妈，你还不如不生我！

再歇一会儿，

我保证能把钱挣够，

趁好的东西还叫人珍惜，

像眼球掉在地上，引来许多
靠感觉生存的小动物。
哦，妈妈，
我不能两手空空地回去，
你的亲情只是人生中的一部分，
还有更多的，使大地不动的
脚印和漫天风雪。

说树

一棵林外的树
叹息之后抬起头
它比我还要独
脖子更长

一棵林外的树，就一棵
长出人的智齿
像我的孩子天天都嚷
疼痛使它清醒

它的根是和那片树林连着的
我看见汩汩的血，在地下奔流
骑马的人如果经过这里
就孕育英雄的梦

我终于找到了想找的东西
灰黑并且倔强

于泥土中没有光亮

却要影响未来的生活

如今，林外的树

已在这种东西的扩展之中

像我的孩子天天都长

最后与我分开

从剧场回来，路上

舞蹈演员的两条腿

摸不着

想想也好

一袭月光

披在我的肩上

我的手如何设置温暖的姿势

秋天

就这么短

像刚才见过的裙子

世界干干净净

我生出了

世上的女人

和你有关的一首诗

一个人裹着树皮生长

他的样子接近植物

有时，一动不动

像鸟

审视着自己

声音在身后静静成熟

仿佛河流在手腕上

泻下光芒

那些清晰的事物：山和水

使他觉得温暖

觉得几片感情飘落在路上

一个人把生命扛在肩上

像远去的云

留下种子。他的手伸进去

挖掘很重的东西

一个人应该这样

冬天的诗

外地人诚惶诚恐
向你问路

外地人
看不出你有什么表情

那天的太阳
藏而不露
喜悦和鸟一样飞走
背后传来
被动的声音
你站在桌几明净的假期里
已经衰老的日子
疏远着石头和树

靠近孤独的地方
外地人休息了

小屋落在这里

石头在下

上面是一些木头

木头伸出手

它想挽留住

膝部以上的旅途

东明胡同

这条胡同靠近海
北京的海
只不过是一片能划船的水

我看见雨歪了
靠近一个男人的肩
一个女人
在那里湿漉漉的

胡同不长
它每天都在走，竭尽全力
仿佛有人等

胡同不长
但它却焦急地走
抬腕看看
表里长出草

我小时记得胡同是躺着的
它那么安静
在水之上
不呼吸，偶尔咳嗽一声

现在胡同老了
面对一只早晨的篮子
它把水漏光

整个空气蹲在篮子里
轻轻飘飘
仿佛抱着年轻的新娘

这条胡同喊过我
喊我：大龙

银锭观山

过了银锭桥

向左拐

灰的墙，灰的路，灰的钓鱼人

钓鱼人眼睛一亮

发现许多鱼在水中研究他

鱼群终于离去

河面上

一只鸟伸出头，它的翅膀高出来

经过人的一生

钓鱼人不急

索性坐在石头上打盹

钓鱼人梦见那座桥

又忘了

后来我来到桥上

见到山

灰灰的，被谁咬了一口的山

泪水

我捉住了公园，头脑变得清醒，
全身舒适，如同一道阳光。
坐在石头上是一种幸福，
捧着自己的脸，
我的双手颤抖了，透明了。

公园本来不会流泪，
它是借来充数的，早晚要还。
在冬季，我望不见
它的背部。

一些不知名的树，
陆陆续续围过来。
和我一样，它们喜欢一生寂寞，
喜欢短暂的黄昏，
如同节奏缓缓的祷词在世间回响。

我回头看见阳光滚下山坡，

山坡上的灵魂则慢了一步。

我想起从前的苦，

那些撒在林间的种子，

一天天长大、成熟。

心头涌起饥饿，涌起遥远的海水。

上帝啊！海水是残缺的，

和完美的风各自发光。

公园本来不会开玩笑，

它脸色苍白，和谁吵了一架，

于是天就黑了，

就有股味儿无声无息地散开，

不影响周围的花草，

却能赶走所有凶猛的野兽。

此时，我们坐在一起

坐在幸福的石头上，

我们心里都明白：

现在的生活不尽如人意，

有一段安定的时光也就够了。

换句话说：

我只能写作，写右手的麻木，

没有可能进入优秀，优秀把泪水冰冻，

插在大地上，

自始至终，一种变形的语式。

灰色的天空将升上去，

带走我。

好地方
——王以培远游

一块石头
旁边踩了脚印，就是新疆

新疆的姑娘大脚
翻动着山峦，火焰奔跑起来
随后跟着人的一生
沙漠据此而来，仿佛偶尔的灵感

朋友，你现在到哪里了
你的胡子围成一圈
中间升起热情。你和一个民族跳舞了么

手拉着手
你在你自己的行囊里已不真实了
你在姑娘的肚子上见过月亮
喝下它，这种不过分甜的内陆河流

往往容易上瘾

只有黑暗爬上肩头
俯在耳边想说，你却睡了
梦里的母亲含着一串红葡萄
什么破了，流出的歌声相当疼

新疆的脚伸到了我这里
才找到支点。朋友，你听见了么
骨头撬动黎明的声音或阳光独自上楼

我们同时在镜中出现
那一片深邃的土地
展开我们的身体，手拉着手，手拉着手
有什么更真实

旧鼓楼心迹

※
阳光的手捧起旧鼓楼，
又怕它化成水。
几丝冷酷穿透现代的路——
旧鼓楼，同样和我孤独。

※
黄昏里的蚂蚁经过一天的劳作之后，
四肢长长了。

我的心迹，
这些简单的句子蚂蚁也懂。

※
离死亡不远，

有一处是我的家，
里面挂满了明亮的电话。
它们不说谎。

当儿子长到我这么高时，
我那新婚之夜应该响起旧鼓楼洪亮的钟声。

※
我在雪地上停留了一会儿，
然后顺着后面的胡同爬上树。

※
我在旧鼓楼的脖子上系上领带，
外面套件西装，
中国已经被风吹起……

接着有许多骨头撒落。

鸟直接飞，
鸟没有自由或笼子的概念，
只是在恍惚中，
回头，紧紧翅膀。

※
从这里搬走的人又回来了，
因为他们的亲人刚刚故去。
死去的都是好人。

※
北京充满了巧克力的味儿。
我也仅仅拥有一张皮，

一片白雪和旧鼓楼。

我的旧鼓楼
你也会有。

旧鼓楼大街

北京的雨捉摸不透
隐在具体的观念中
叫人不敢出门
下得小一些
水就顺着你的心思流

水把你一分为二
它能准确地划定界线
不带偏见

黑暗纠缠着你
仿佛六月的雨
取悦于自由
掩盖更多的东西，无可奈何
你在屋里走动
你想：等会儿可能有朋友来

打开屋门，雨就大了

它发出手腕的声音

你可以听到街道在耳朵里的叫喊

你在天空的一角停下

手持鲜花

把歌曲制成长篇巨著

每页的下面

都有夏季汛期的消息

你看见房屋如船

在暴雨里停泊，不能行走

另一些房屋和船从远处摇摇晃晃

向北方驶来

携着男人和女人

由于一些人的真实故事

建筑流成河

河水隔年都要上涨

造成危害

美好的季节自此结束

像一群静坐的石头

我们偶尔说的

你试图说服我

你接着说
三峡的美将不复留存

另一种美，你摇摇头
是我们的幻觉
如同清醒本身

我没去过南方
不知道那里的事
茶杯里是否汹涌着长江之水
我喝过一半
只觉得腹中饥饿

你接着说
勤劳的人创造财富

也毁灭财富

如同摔碎茶杯

地上遍是闪光的东西

你的所见所闻

远远超过我

因此从我们的谈话中开始的工程

仅是希望所在

你沉默了

要有轻微的声响配合你

让我感到中国在奔跑

并已气喘吁吁

四月

下黄土了。

老天忽然大方起来，

要把高原上的礼物送给我。

可，残疾车还在院里呢，

前轱辘抵在西城区的一堵后墙上。

天空和脸

六月的云，温柔可触。
一个少女从花朵移到岩石上，
我听见她的双手剥开自己的身躯，
一大堆子弹掉出来。

少女与别的石头，
同样受到赞美。

赞美声进入伞状的天空，
里面闪闪发光。
一只碗，盛满雨水。

只要掬起来，亮光和阴影，
不过是人们在这里或那里的形式。

野游

幸福是一条虫子，
它说话了。开始我听不清，
只感到空气在动。
天气太热，一些人回到水里。
风从下面托起了荷花。
荷花有茎，
站在我们中间。

虫子在水果里说话，
果汁流出来，
很快围成一个圈。

虫子绕到感情的背后，
大声叫，叫一些人进去。
声音把人围住，
形成更大的圈。
篝火映红的圈，变得淡了，

像一团吹起的雾。
附近的山，倒了。

我在外围大声叫，
并且舞蹈起来。
热情的手臂赋予许多姿势
许多的本来面目。

我弯下腰，
发现自己也在圈内。
我拾起一只歌唱的脚，
另一只在逃亡。
我回到外围，大声叫，
直到叫出爱来。

八月印象

母亲坐在木椅上
她的双膝不愉快地量出距离
儿女们在沙滩上玩
儿女们拥有更多的儿女
好像空气
一粒一粒的

大海要竖过来
所以儿女们都去了
母亲坐在木椅上，大口地呼吸
在风想让自己通过的地方
母亲站不起来
她把双膝扔进水里
可忘了解下绳索
绳子留在体内，等着主人
回到罗曼蒂克的时代

远处，岛屿蹲伏着

像是男人体

大隼

一只大隼在舞

姿势平平常常

像夏季落水的人

在你感到恐惧时的

表现

你得到的是什么

失去了爱

你和隼一起

舞。天空下，你和隼

抬头打桩

声音沉闷

像孤独的落水人

大隼，若有所思

疏忽许多技巧

像一间房

许多窗

每个窗里都有一只眼

大隼看见

很高的地方

递下一串被阳光

拒绝的礼物

像不变的意志埋入地下

然后，抬头打桩

声音沉闷

像落水人抓住了窗

少顷

消失在屋外

大隼

来不及细想

蚂蚁和山

没家没业的游民
搬运一座山
它们来时满天乌云
走的时候，一棵草也剩不下

我在山上
和这群蚕食的家伙在一起
我要吃掉它们
它们没家没业
勤劳了一生
我要吃掉它们的一生

我在山上，长了一头白发
总认为美好的事物悬在空中
应该伸出脚，直接去碰
应该伸出舌头爱它们

黑黑的山抱着我

我总认为它是我多年以前的一个叔叔

教会我怎样享福

我常常想

我常常想一个人寂寞地死去

在未认识你之前

你蹲在某处

好像一幅画里的忧郁

吸干了水分

很快，你适应了困境

不再向山峦述说柔软的梦

洁白的耳语

在季节的身旁飘落

多少个美妙的声音不为我所知

你默认之后

把平整光滑的感情叠起

留在一个几何图形

日子就这样

不知不觉进入事先所设置的陷阱

休息

黄昏坐在我的双膝上
让我同它一起
等待那个消息

一所漂亮的房子
有无边魔法和软形的窗
拼贴在动画里
远方传来果实的滚动声
有棵树在里面

黄昏坐在我的双膝上
让我同它一起
等着那个消息

看望诗人食指

你坐在花园与布谷鸟的叫声里，
书掉在地上，
你喃喃自语，似乎
和谁倾谈。

见到你，必须吸一口气，
否则我会一直张着嘴，
说不出话。

或许我喝多了——
一辆汽车从你的脑中穿过，
声音不是很大，但有劲，
从此我们失去了唯一的监护人，
像远处的山
无牵无挂。

一片叶子，

铺在五月里，
五月的咳嗽震颤着我们。
我们明白我们的身体
淤了不少油泥。

那些泪水啊！朋友，
它容易丢。
那个时代不堪回首，
前世的梦想也付之东流。

我们明显地老了，
忧伤和树林一同消失。
阳光下，没有尽自己所能，
人活着，不过是
双腿带着沉重的故事。

我们明显地老了，

透明的老给予你一袋子荣耀，

把它放在身后。

换句话说

一个人把手放在那里
这只手上落满很多秋天
这个人站在旁边
简单地举行仪式

天，灰蒙蒙
他认为是灰蒙蒙的
水从屋顶流下
流成抚摸的样子

旁边有树，愁眉苦脸祈祷着
想把那只手，归为己有
他认为树应该有些私心
至少有一点私心

有个老人蹒跚地
走进他的树里

一双手变成叶子的颜色

在荫凉的地方
老人学鸟叫
最初不动，发出的声音却是重复
换句话说
他根本没有看见什么
只能猜测：院子一定很大
鸟儿一定落到那只手上

游乐园里的大观缆车

关上门

我的身体

身体的每一部分慢慢打开

机器叨唠着

带着一部分，朝上

世界很小，它转着

我想我准是随着那个手势

上升的

离开我，到达过去

所梦想的高处

我看着自己

风筝似地

摇晃。风筝绕过

一丝凉意

径直接近许多先进设备

和荣耀

我看着自己
心里却想别的不相关的事

机器继续叨唠
捎回黄昏
我和一些人上下移动
我下来
他们上去

他们摇晃地上
向我做手势
手势长长地连成一片云
他们发出惊奇的声音
把世界
弄大

看我走远

他们才下来

他们向别人讲述高的地方。

夏天

想到阳光能伤害别人的人
往往是盲人。
我的想法使你们跃居前列。
那时，我回头看见
一座桥
在空气中不是在跑
而是失踪了。

旧作拾遗

我居然学会了快乐

在启蒙时期

一种预料生长起来

像有良心的植物

冬天的雪迟迟不来

我也没办法覆盖整个早晨

灿烂融入心髓

我被你灌满了水
提上山去。路上的阳光湿漉漉
你加快脚步
发亮的臀部左摇右摆
好像身后有人

孩子们打打闹闹
你托冬日的邻居捎来一叠诗稿
有许多话
趁现在的积雪还没化
我要对你诉说

我说：诗人的血液中肯定有女人的泪水
不然他们的孩子不会把门打开
朋友告诉我偏离了方向
那么
就让一颗心浸在喜悦之中

行动上的不协调

引起另一个女人头脑的混乱

我的毛衣被窗边的钉子拉住

亲爱的，你瞧

这里的黄昏一塌糊涂

苦难里泡大的孩子

对你怀有敬意，一种深深的爱

白茫茫的歌声

映出一群鸽子

看见鸽子的人从此心明眼亮

一月十四日

路上的阳光一直跟着你

玫瑰和火焰同时翻飞

面对寒冷和虚妄的土地

更广大的土地

你只能收回步履的尘灰

答应我的，我给你
拒绝我的，我也叫你分享

把原来的标题去掉的诗

后来，你带着一群人

走南闯北

不知道自己是问题的中心

瘦弱的亚洲

摇着轮椅

那时我还没出生

母亲是一只孤零零的炉子

接受人间的冷

白昼随着盲人手中的竹杖

慢慢地走

你把它压在身下

你有幅山水画

很窄，但从不展开

你把欢乐的目光拖入草丛

你的腰肢哗哗流着

草里的蛇

一惊，就隐去了光亮

门铃声忽然响起

它的飞翔

打开了沉默，十六年的沉默

如果我在挖

帽子里的雾

把谁的家园弄乱

把谁变成一只跑得最快的鹿

现在，你可以为我

为我的出世

找到悬崖回头的归宿

隐居

离废墟还远吗
走下去，你才能理解这邂逅
青春期的荒野
一只击在石柱上粉碎了的杯子
酿满浓郁的背景

离废墟还远吗
一刹那，你很久没有犹豫了
心中的阳光日趋深远
有如白鹤孤汀
大理石啊，宫殿依旧矗立
你将要在哪里辉煌隐居
在哪里养育一群被劫来的无辜的小天使

你冰冷而又胆战心惊地望着我
离废墟还远吗

子夜慢慢倒下

有如无声的长叹

四周镀金的山村已落满了灰烬

纷纷扬扬

你抛弃了那唯一可以庆典的王国

在拙劣的日子里

举着右臂

神圣加冕

披着那件分文不值的红斗篷

中国酒吧

好像叙述一件黑色的事
音乐，深渊，只为了你

你回来了
带着突然的光芒

谁也想不起丑陋人的善良
要说的故事沁人心脾
一杯酒开始了最初的歌唱

谁也无能为力
谦卑沉入血液，如黄河的泥沙

真的，是什么将你推到
美好的悬崖上
不再为动身的日子手忙脚乱

在黑暗中生存

我们听见的只是自己的心

如果离开

一匹马应当跑在前面

我们坐在车内，与世隔绝

燕子冲进新婚的雨中

它哭过，几乎卷走秋天的忧伤

贫穷贴在沙滩上

像条鱼

在哪儿爱过你，想过你

水游着各种各样的清凉

在哪儿想过你，爱过你

我的舞蹈在痛

我的诗长在亚洲

恩雅

我的孩子跟了我
阳光才进来。一只手在跑
开始时几乎燃烧
开始之前
它黑得像煤，像不存在

孩子，我应该告诉你
手上的植物园
全是一片雪，从里到外

你不懂的事情
我也不懂
我却能从事情里走出
带你去另一处

发亮的小站使北方蜿蜒
我们向上

成了水星的民族

向下，一脉单传

孩子，我们戒了全部嗜好

却在歌中做巢

我们在一起

是一座岛

两条遥远的眉毛

漫谈

那个想法四处流窜，
我的野心并没有收敛。
看见漂亮的姑娘就眉飞色舞：
"干点坏事吧。"

寄生于世，
我没有缚鸡之力，
——朋友们是一群真正的太阳，
他们朗朗上口。

傻儿子放学回家，
他的父亲跌倒在鲜红的诗篇中
爬不起来。
我依然要叫人抬举
甚至抬举我的缺陷。

医生昏迷不醒，

你敢生病?

路上的乞丐不见了,

是谁把尸体收走,如同垃圾?

西三旗从哪条腿开始?

校花还能不能回来?

自大狂正是一个国家的症状!

祖国和人民,捧起我,

又摔得诗人遍体鳞伤。

我不会轻举妄动,

把感情移过头顶,

也不会把你们从火中扬起,

炫耀愚昧。

寄生于世,

我没有缚鸡之力,

最终会软硬兼施，

逼迫自己交出独有的东西。

出门远行

三月的雨猫着腰
左顾右盼
它需要一个人的证词

我是无罪的
从来也不想污辱什么

我无法使我的生活更好
因为诚实靠在那里
像一个小伙子秘密地吸烟
用左手
阳光的温柔

出门远行，你随便带上窗子
野草在大地上伤心

过去已经沏开了

冒着热气。我们一生的错

我们看不见

甚至摆上长长的春天

摆上红草莓

也看不见

暖冬，几首诗

1
以前，大人们讲的话
都是真的，
无论下午多么灿烂，
我的作为多么耐人寻味，
疯子总在泼水。

希望自己住上高楼，
向下看。
一朵云好似一个情人，
多年后，依然是新鲜的。

我有时想入非非，
把左腿拔出，沼泽地绕过我们的生活。
它沉默了三十六棵老槐树。

2

当我吃力地说出汉语，

旧鼓楼早已等得不耐烦，

它要拆掉这些啰里啰嗦的东西，

"啰嗦。"它说。

3

六个苹果摆在桌上，

光滑、理智，

大小不一。它们举目无亲。

没有人会登门拜访我，

就连你也不会。

4

我随便写些东西，

于是，落叶击碎了秋天。

这是最好的时机，你不发一言，

我也不能叫你开口，

内容无所谓。

我无法分身，

舍却哪一个都雾气弥天。

此生总能见到几场大雪，

在雪中总能让出地方，等你回心转意。

5

我的家毫无诗意，

想看看它的样子吗？

微胖，邋遢，充满喧闹，

简直是一盘刚炒的麻豆腐。

6

你从来没爱过我，

滔滔不绝的日子只是个象征。

青春要在哪一天剥下我的皮，

制成鞋子，某些人的脚

早已方向不明。

我们像可怜的河鱼，

一滴一滴，试图挽留时光。

7

两盏灯

一个亮，一个不亮

亮的把不亮的照亮

它们是一则笑话

8

对于一个在黎明写诗的人，

没有什么能比他获得更多。

他喜欢的东西挂在天南地北，

拖着泥带着水。

9

我的外貌能使祖国黯然，

我的语言，只在大地上书写茫茫的情怀。

多少假说传到千里之外。

你知道我的本事

胜过一场战争，却在遥远的衬衫上跌宕起伏，

一只手接二连三长出野草和粮食……

最后，我在母亲的梦里坍塌了，

来不及告诉身边的人。

那些沉静的树

心满意足，它们伸出手，

并把一个好消息放在嘴唇上：

"阳光不出来，白雪也温暖，

它厚厚地，呼吸，

蹲在房檐上，枝丫上，屋前的灯笼上，

好像一个人的凝视。"

切头去尾

我的车火红起来
带着你驶向寒冷，早就约好
在这儿叫喊
当然，还有沉默

我们捡过煤渣，脑袋也黑
死时只能躺在路边
咬舌头

我们踢着石子
明星升起。它的疼痛传给一个人
从左肩到右胯
风一直顺着这个国家

代替

你们替我朗诵
替我说出我的心里话
这个酒吧
便会暗下去

你们端着扎啤
眼睛放光
我会藏起老虎的尾巴
也会露出嘴脸

你们修好楼梯
替我走路
那个人已经到家了
正和老婆吵架

你们替我留起长发
替我在外奔波

谁又在搭建自己的房子

请大地绕着过

几句话

从腋下
我的枝丫折去，
多如燕子，少似一个喷嚏。

没有人可怜失业者，
诗人钻进狗洞，
听不见龙龙的雷声。

特别是阴盛阳衰时
怯懦的民族，更是百依百顺
像一群驯服的羔羊
只希望鲜血不会流得太多

它经常充大个的，
被人打来打去，
最后"砰"的一声爆炸了，
红色的财富。

摘取果实，
品尝她们的初恋。
天不大，地也不圆，
妈妈，我要侵吞幸福，
像坏人利用黑暗。

要当光明的父亲
一身正气。
腹中堆满干草，
我看见的野兽，变小。

你们这样铁，
世界的自由原来是黑的，
早已锈在山上。

狗也会流亡，
关键要有流亡的方向。

如果我生下来就死，

那么，旗帜是什么呢？

山峰展开，

许许多多的故事喜欢独自飞翔。

你们追求完美

彻夜不眠。我有大缺陷。

我没多大出息，

大的干不了，

也不屑做针头线脑的事。

写出的东西脏兮兮，

使复印纸无辜受到牵连。

我把手拔出，

没有谁能在两千年逗留片刻！

远方摇晃着，

酝酿一场革命……

最后的暴风雨没完没了，

没完没了

或没有。

淡淡的话语

一

一个孩子
在街上挡住他的父亲
我爱这样的季节
不冷不热

一生中，你三次遇到我
都是擦肩而过
大地托起淡淡的话语
许多人围着悬崖。阳光
在斧子里下雪

二

我家破破烂烂
几样东西也陌生地
看着你

你要走，和我握手

院子黑得有点大

天空是早年的孩子

代替一个手势

别人不这么想

别人次日肯定喝得大醉

在我之前到达

我的

你不需要的，我拣来，当成宝贝。
吃掉最后的文字和垃圾，
诗人的爱，苦！

别的可以放一放，先顾命吧。

失败者失去了罪恶，
我的时间不多，
我的咒语漫天翻飞，
我在桃花季节瑟瑟发抖，
如何背弃，如何把一大摞书信焚毁？

碰一下南墙，头就大了，
非洲雕塑在里边生长。
每天推门出，拉门进，
甚至连邻近的外省也没去过，
祖国对于我徒有虚名。

喇叭后撤，
高举红旗的朋友钻进轿车，
老婆被我骗来，又叫人拐走，
一个陷阱躺在身边。

鼻子贴近地面，
站不直的时候，我更愿意像条狗，
寻找大骨头。

初次见面的女孩
知道我额上长角，双眼布满血丝，
四蹄用力转动着地球。

晓晖，我们见过面，
生死有缘——
中国有我，妹妹，你还去英格兰干吗？

我不配把我的诗献给你，

它只是一副药引子，

漂流在众多疾病之上。

我的雨虹啊！

黄金早已过去，青春在哪儿飞翔？

他的女孩也许是你，昨日还搭在云端，

明天将收到红色的请柬。

殷先生怎么了？

不就是皮肤白，脑袋歪。

他的灾难风起浪涌，

他的才华站在英雄的肩上，

他的矛盾是一群兄弟姐妹，

他的爱，简单——

一盘餐桌上的蚂蚁上树。

女孩，你们的乳房里有什么，

一些动物濒临灭绝?

但是，许多人因此得福，
因酒吧里的朗诵大放异彩，
你是他的女孩，脖子上挂着一串西藏。
那里有阳光、水、空气和龙龙，
一样也不能缺少。

我的喉结还在，
我的泪水独往独来，
我的贫穷不能领导你们，
以及没出生的
孙子的光荣。

一条没有名字的河叫窑坑

我是熬夜的，沿着门框向上爬的蜗牛
教会他们如何施魔法

在梦中是沉默的士兵
在早晨喊几句
说出真实的时候一败涂地

我在螺壳里
像一小段海，黑暗的生命

母亲一直拖着夕阳的谦卑
捡到我
如东西在口袋里

想你时

想你时水开了，表妹跑出去

想你时儿子正放学回家

想你时，院子就乱

想你时母亲午睡，父亲的股票在上升

想你，长出了尾巴

想你，中国复活了三个人

想你，想你

我不想你的时候，你是谁

前海

流行在大街上的口头语
是我的谦虚

前海不在前面
它半路看见我，就围成一圈

太阳一烤，勺子一搅
只剩下北京躺在那个玩笑里

诗歌简练，多余的跑到电视上
那里应有尽有

亲爱的，你嫁给诗人吧
他活不到自然死亡的那一刻

你决定了的事情，弄弯铁丝
我的血也会哭

我们死后要在一起
也要叫那些伪善的，灯笼挂在裤子上

只有跌掉头颅
才能缩小自己，显出大家

总在一句之遥
朋友，我听不到黑色的号角

西海

没见过大漠

还不知道落日？它的圆

值得用左手去捞

父亲在雾中撒下弥天大谎

我还不想，不想把骨灰装进烟盒

宁愿被你的食指弹中

落于尘土

前世作孽，今生只得了，得了脑瘫

人间竟容我活了这么大

并且歌唱、吟诵

我该感谢谁

我要死了，我要说一些清楚的话

父亲，我被你钓上来——

这种爱不是爱

为什么在母亲那里从来不提

真的

人们不知道自己的路已在身后转筋

人们知道后

前面的路也没了

好坏是两条腿

像泡在茶水里的叶子，真的

不知什么时候

被谁倒掉

大龙食品店

躲在路边的小房

生怕自己影响交通，有碍市容

有人说它是违章建筑，是小小的国家

我多次描写旧鼓楼

不着一点边际

却把它置于脑后

灰里吧唧，引不起顾客的兴趣

为人民服过务

更多的是坑蒙拐骗

明天我会亲手拆除

不让你们为难

不写了！诗歌只能给我贫困

和更大的野心

老婆也将离去

儿子在大风中不远不近

脚下的地突然被抽走
你们感觉一下
就可以了

一般般

我随便，一般般
也叫你随便，一般般
大体说得过去，过不去就坐会儿
石头的，我家不远

房子外边，有我的一般般
黑夜里面，有我的一般般
把它扛到山下
向上喘

脖子到处生长
四月的小树林指向一般般
活着，什么都有
甚至拥有它的仇敌

你所期待的硬道理，已成朽木
从地里挖出碎片

千年百年，人们对我的赞颂有增无减

抛弃赞颂吧
就像牵狗的女孩沿着铁路走
上帝和泥土、阳光同样滋润着人们
一般般

后海

高山流水在这里

终究成为我们一部分天性

母亲的碗，大自然的面

食指的街道。黑帽子代替方向

我们抬头变成牛羊

我的语言过于华丽

废话连着西山。眼睛里的草原一直是圆的

在那里拥抱、打滚，而你和你的民族姗姗来迟

一头狮子甩下黄昏

今夜满眼星辰

拣选一个孤儿吧，妈妈。生活越来越大

像一场自由碎在案板上

太阳的骨头和黑色的血啪啪作响

你说：肉，动物，和长城

第一个离我而去

第二个被人迫害，死时只有某个器官

第三个

喔！我该替她去服刑

并把左手换成钢铁

为什么我不是虫子

为什么我心中没有两个祖国

为什么沙子和头发坐在一起

整个天堂就浮起来：大脚和鱼，和事物的根

身上是树皮

身下压着棕色的女人

大地啊！我没想过我的翅膀根本无用

借一场风雪

暖暖和和，初冬的天气就想待在家里，

喝一碗母亲熬的棒子面粥。

我的样子像不像寄生虫？

姑娘，你还没见过我，

没见过离开水也能翘尾巴的鱼。

孤独趴在地上，

它宁可趴着，也要自由地呼吸。

姑娘，我的诗刚刚离开它的亲人，

打算去英国找你，

多么奢侈的打算！你的过去和现在一样

挂在光辉的树上吗？

怀旧，零落，我的约会绵绵无期。

它是一粒黑芝麻，一条现实的蛀虫，

以后的日子会格外暗淡，格外悲凉。

可怜的，是那些酒肉兄弟，

双膝软下去，

他们拥有一生的耻辱。

"母亲能买儿子的死吗？"

那些刽子手，事后点数"四人头"。

殷龙龙是一种荒谬：他写诗，反而不会读，

满怀黎明，黑暗却像海水，

半辈子不和敌人打仗，

他是怯懦的抒情者，万恶不赦。

原谅龙龙吧！以前我

好大喜功，到处张扬个性。

说不定那个邪恶的汉尼拔尔离我们不远。

我的妹妹，我却疏远了你，

疏远了最真实的话语。

卑鄙把诗人送走，留下响亮的 party，

十二个美女神气十足，喝着中国红，

她们全都成了包间里的烟圈，

乐队演奏得像火车提速，

罪恶进进出出。

借一场风雪，你又回到望远镜里，

恍惚、单薄，像孩子的瞌睡，

像冬眠滑进伦敦大雾。

躺下吧，姑娘。我和你来不及见面。

嘘，闭上嘴。嘘，嘘，领骆驼穿过针眼。

我们苦苦追求的为什么只是一双

拿得起放得下的手套？

为什么把贫穷保护得那么好？

谁做了替罪羊？

前世的暧昧——啊！我不小心丢掉了

一口海洋。蝙蝠的帆

不会照亮前程，

我也不会假充大蜜枣，再背起书包。

妹妹，随我姓吧，

我的姓氏不愿单独留下，它更像个小伙子。

妹妹，叫我的名字吧，

祖国是虚幻的，龙龙却真。

一只裤兜翻着，另一只肯定才华横溢，

即使那个前赶后错的两千年，

获奖了，我也要我的纸篓、香椿树、

腌菜的坛子和几篇随笔。

洗脑

雍和宫在我家的东边
绕过这些菩萨罗汉们拐几个弯
再往回走一点
什么地方能叫父亲安心居住

父亲说过去他的头脑很干净
被洗得一尘不染
他问我有办法没有

除非打开头颅
放进去一点脏东西

新买的帽子
一直顶在衣架上
我每次去都觉得它像个木偶
站在门边父亲的头秃得忠诚

那些人太厉害了
父亲老说那些人曾经在他手下
在他手下摸他的帽子

如今西边有个鼓楼
所有的问题在那儿都有个尾巴
如今父亲的儿子正赶上一场毛毛雨
自己还得清洗自己

啊对，想起来了……

五年前我开始离婚

在塑料鞋里和你吵架，啊对

我们的舌头上

住着耗子

啊对！它已长大成人

三百斤粮食

使这个夏季的母亲变小

小到一条米虫

我非要过瘾

非要把弱点托出来

瞧它，流了一地，像大地的旱情

我非要过瘾

泡妞、玩游戏、感冒

有时爱是一手甩不开的鼻涕

不去赚钱

右臂被你借走

用我的红眼睛发誓
用我的虚伪脱衣
啊对，双腿像一把剪子
人们精心制作
月食与合体的后半生，为了套死你

啊对，让夜晚夹在咸菜中
让它怀孕

家里不要那么多书
千军万马只在灵魂深处守候
今天什么都大
啊对！香椿树、儿子、足球和欧洲

多余的话

现在我倾听，

把骨灰密封起来，

沉入海底，不要打扰最深的死亡。

上面有人跳舞，

朗读是另一版本，真正的，仿佛女人被淹没。

我只看见你的背影，

像聊天室的人活埋了字母，

甚至谦卑，披头散发，

青春的海洛因。

现在我倾听，

一生中最高兴的是中签的那天，

脑壳长出树枝，等于把秘密折断。

现在我倾听，

原始的诗歌，熨衣裳的诗歌，

必须服从一个不存在并抹去存在的手印，

父亲读他的报，母亲填她的空。

外面总是挂着土壤，

一个生锈的孩子，在树下，饮水！

活着接吻，我正要开门。

现在我倾听，

看不见的帐篷，另一种询问：

瞿秋白临死前的喘息和他的欲言又止。

思想成为迷墙。

这些都是绑在一起的兄弟，

像小时的歌谣在身体外面，变成灰。

多么苍老，哼起了歌？

我曾耗尽健康，失去前程。

你留下，让火车一个人走：余烬在飘，窗口在飘，

千言万语在飘，仿佛我是小乔。

现在我倾听，血液里的鱼相互亲近，

迟缓的人失去秋天。

现在我倾听。

玻璃钟

一张纸下面
我们试图捅破什么。嘘，你不必说
我们要像小动物一样活着，呼吸
沉闷的天气嗓子冒烟
这么单调：慢慢地爱，慢慢吃药

尘世不能挣扎。天空是天空的脚底
逃也逃不掉。

"拯救"这个词本来不成熟，
早早地被人摘下，供起来。
远方的祈祷留下一个地址，一张名片，
要不了多久，风雨就会打开情歌，
像对勾一样肯定：书是定律，智慧站在旁边
如果我还在发抖，
如果我还在写，我就写文化的堕落。

天生孱弱，说话那么费力，
我的热情还在一下一下地敲。
受伤的战士爬回悬崖，
瀑布仿佛鲜肉挂在下面。看不见你的飞，
双眼生疼，仿佛阳光碰着了那棵树。
除非我能轻而易举地走出衰老，
除非移植健康的心、撕碎忠诚，
仿佛奇迹张开大嘴。

两只耳朵相爱，却不能见面，
39 年了，我莫衷一是，
鼻孔中塞满了棉花球，活着，呼吸。
我的诗不难理解，它穿了双旧球鞋。

等角落燃烧完，回家的人拎起酒瓶，
我闻见了星球上的煎鱼味儿，
"其实荒凉是它的果核"。

其实过去的情感怎么盖都暖和啊！

它倾尽了我们的热望，

我们的生命。

我的诗少一行，就是那时丢的。

只等额上的血凝固，

相信我还能活下去，还能呼吸。

第五声钟

我们喝着自己的血，芝麻在盘里乱蹦。

我对你说：存。

母亲索性把厨房弄小，

描写风，在此之前，我的诗歌好像黄沙一层。

秋天在高处缝被子。

这种声音只能在图书馆里擦灰尘。

我的心就这么多。

像拳头进入自身，

头也不抬，母亲的喊声在皮肤上

留下红字。没有人拿走一生的计划。

没有人。

为什么你想听我的声音呢？

没人光顾的窗口，现在，返回，
人们以为相爱的终究要分开，
以为分开了肯定要死，

一些悲伤，没能使我从黑暗中流出来，
大街、德胜门，四壁裂开的电影。

不管你是否真实，给我赤裸的树，
五百年就这一条鱼，
咬住风暴。

只要我还有足够的勇气，还有命数，
只要在残酷中顶过去，
哦！你都会拉住我，响亮并且呼吸。

长萱草

让我慢下来，慢下来，

和上你的节奏与摇摆的浮生——

一个夜晚写下裸体的荒凉，

月光断章取义。

孤独换下的河流，呈绿色，绵延千里。

给你打电话时，我不是我，

扭曲的面庞，焦黑的骸骨。

何时见面？

我们击钟问卜。

米勒的麦穗凡高的椅子，

草籽深入泥土，

伟大伙同虚伪，流传各种彩绘。

耒耜和牛，已被中国人忽略了，

你接着说：

世上第七大奇迹就是这辆摩托，

古老，无所谓，歃血为盟。

我们刚刚醒来，

外屋的水龙头滴着水，灵魂不结冰：

"你要保护好院子里那棵大大的香椿树，

保护好旧鼓楼。"

那条长长的胡同啊，

进三步退两步，或者细菌满天。

疼痛的，一个吻使大树战栗。

小黑屋里那只左手，几近枯萎，

我怕，我怕体内的颂歌转变为癌细胞。

母亲的菜团子热气腾腾，

搅粥的声音带着冬天的香味一起飞。

别的朋友使我快乐，你老叫我流泪。

不见面也好，免得魂牵梦绕。

前生已经相逢，盛于夏，枯于冬。

我们在书里都叫萱草，都是野生植物，

每年都要死，来春还能复活。

让我慢下来，慢下来，

绕过图书馆前面的空地，绕过问题，

看车老头最终还是离开了。

天地本如此！

醉酒的人流着鼻涕大步走，

追问被冻红，靠近心脏，

感受自己的粗俗、丑陋、虚妄与丰收……

不能向你诉说，

人们向它致敬，

却不知它通向更大的困惑？

"别在意我的来与去，永恒是什么？

不就是这一点点得之不易的

惺惺相惜。"

药草苦香

我喜欢你追火车的那段路，

和上面凉凉的吻。树的影，分别是双。

远离家的城镇一缕青烟，

寂寞从高处跑下，

喝下汁液，它有飒飒声。

大地不在衣服里，也不裸露，

我会用整个生命和热情追你、爱你。

我和其他人不一样，

看不见以后的失语，幻灭，

亲人们抬着龙的忧伤，打造天堂。

你的手还疼吗？

脆弱的骨殖从唐朝遗传下来，

没有人像我这样，又贪又痴。

长发的妹妹，你的咨啬生于明，

长在允诺和期待的地方。

我的最爱，不能不回来。

喜欢你的牛仔裤，贴在上面的，取名叫星星。

多亏那株无花的植物，

不断点头，一种困惑的苦香。

有人看见我跪在地上，询问每个天使，

龙是堕落的囚徒吗？有魔鬼的嗓音，

鼻子是闪电，欲望在它下面。

喜欢沉默？不！

我喜欢你唱的云南谣曲：

它们都在左边，精致木盆，藤萝，大象。

它们都睡了，旁边一对鹦鹉试着拥抱……

哦，人和物，几杯红酒……

我喜欢鲸集体自杀，

喜欢说出爱情并印在书上。

我喜欢你满世界找盐，炒的菜大红大绿。

哦，昨天，还喜欢我的冒险，

它说：从火车站到郊区，

805 路从来不知道抄近路。

我的脚趾一冬天都在疼，

相信么？有个飘荡的生命依恋着你，

它空腹而坐，好像古代的乐器，埙和筝。

我喜欢，喜欢你的树脂眼镜。

盲人的灵魂藏于黑窖。

钟声不止，去而复至。

我们面对的，比魔术师还要伪善、拙劣，

人生的偶然像短裤来不及提上。

与君一起活，

我还能说什么？

炉上的草药，四室一厅的空房。

你总是不显山，不露水，闷其外肆其中。

喜欢你的纯朴，喜欢你的文字，

你说：重读你以前的信，

感到自己像条幸福的鱼，

这个世界清畅、凉爽、一无阻碍，

任自己的思绪和情感，像缠绕的水草自在地飘。

我喜欢你的古书：

大的火柴盒趴在沙丘上——

东汉的土，南宋的屈辱，

穷人的穷，不是穷人的人。

我是北方的兄弟，酒和民刊结成的生死。

那支鹅毛笔，记录了口齿不清。

早在 1968 年我就喜欢你，

直到红背黑毛的鸟渴死沙漠，

直到女人用另外的手，带上因果链。

哦，药草苦香化不开妹妹的泪，

也不能治愈龙的疾病。

它们只是让人知晓一生中的几次旅行，

几枚硬币在衣兜里空响……

三行诗

一步步走下楼梯
我看见两条热带鱼突然转身离去
三行诗不能写尽我的爱
更多，外面有雨夹雪

打电话

不敢给你打电话
那边的声音柔美
是别人告诉我你在开会

我记下细节
为何只收走你
这个月份蒸发的水
升到天上成了谁的命运

分别多日

分别多日，

也许这一生见不着了，

事实上，我已到皇城根，

傍晚，荒烟，放慢速度。

车子落满灰尘，

高高的桥，仿佛窥见你的倥偬，

什么在流，下面有一颗心

寄望于明天。

黄昏，昆虫，

夕阳抓住一根树枝——

可怜的城市。

我想起你，情人节空空，

几盆花，没人喂养的金鱼，一个大书柜。

天南海北，

我有笨拙的爱。

六年的时光真的就那么遥远?

满身疾病我该何去何从?

路过北海前门我看见一个傣族女子,

她的花瓶和鲜艳彻底粉碎了

这个下午。

说不出话,古城墙像黑簇簇的日子

排队,然后出发。

我躲在泥土里,无法顺畅地说,

无法向你表白。

大地之情

你走了，桌上的啤酒没动，
送餐来的姑娘吃惊不小，
却不问。
我注定是树的影子，
斜斜地虚让黄昏。
你要扶我起来，不发一言，
路边的石头曳住衣襟，
家的城堡，
呼吸的深渊，
愿我的诗多点稿费，
少些辞藻。
无法逃避的，都有单独的窗。
谎言不接近奔跑的爱。
亲吻和背叛，成为背上的伤疤，
皮肤慢慢沉陷
大地之情。
好像一个永久的痛，

不敢攀登。

我不得不走下楼梯，

不得不抹去昔日，

托起一片橡树园。

等着你，就像等待命运。

我想我在发烧，

留下痛苦被人们淡忘。

褐色山峦，七情六欲的深谷。

人如松子，被世道抛下，

我感到残酷、冰冷，

一堆没有灰烬的火焰，

不必彼此相属。

在前海的一个酒吧

一张木板这么多人。
在前海的一个酒吧，我们谈论着你
我们数手指
我们数灯笼

这儿离我家不远
河水便绕过去，对另一个我说：先收下吧
也许她躲在梦里

雕刻时光

我在吃草，孤独是根
全城人即将搬迁，朋友来信说
这里会沉入江底

早就知道
就像知道惶恐。而诗歌的烛火
像蜜蜂，绕着水龙头低飞

有时希望爬上肩
它费力地伸出手，索要空
备好刀子随时割开血管
自私啊，难道我们只能待在家里
老成枯树

我们这么好
却把"好"当蚂蚁，这么小

我的软肋，我的硬伤

我闯下大祸，爱上一个人

即使立判生死，她也在今天的瀑布、火焰中

我给你照本宣科

千百年的窗帘突然抓住病人

彼此了解，如同风

当你忧郁，我等待

你做梦，我已回到去年的谵语里

敲击树上结的果

"我死后，哪怕洪水滔天"

说不出什么，也不会跳舞

看过许多书但没用

只记得有个酒吧叫"雕刻时光"

春天，我一息尚存

我为什么写诗

为什么把处境搞得如此糟糕

然而星星和走兽，蝙蝠和咖啡，都是诡辩

我相信有名的诡辩

黑与白，一些器官移到鬼世界中

等来的却是绝望

朋友的画册就在旁边

除非有蚂蚁嗅着血的甜味儿

千万别把阳光和藤叶当炒饼

和凉拌西红柿

我们为对方看清了自己

想你，一定要星夜兼程

我出手夺取它的生存

我践踏自己，浑浑噩噩

这个世界就是赝品、防腐剂和拥抱而别

春天，我一息尚存

生于二〇六二年

之后吊在顽强的树上

从厨房的墙里突出臂膀

等着吧，风暴早晚会来，

我早晚会见到你

同类

有人顶替了我
好几亿的人顶替了我
写诗、做爱、开车，以及上网聊天
我的强项他们都会

我从来就不是正常人
我肯定没出息
蓬头垢面，鞋子又脏又破
和人们说话总要花样百出
从来不会一语中的

我的朋友也是愚笨之徒
长发披肩，不晓得别人的手脚
都有精彩的招数
像这首荒凉而粗糙的诗
不知道死后还要上火、便秘

我的哪些话得罪了他们

我的父母有什么过错养了一个废人

我的前生是否和一个女人相爱

她在今天这么折磨我

麻木，疼痛，我不能理解我的不惑之年

不会走路

从而失去很多乐趣

失去尊严，和做人的权利

什么都不会，最后失去你

几张抗议的标语贴在墙上

人们三五成群说着拆迁的事情

你看龙龙还有多少词汇

捧在手里，招摇过街市

这首诗为什么凌乱

分明是一种固执——快意恩仇

拿去河水、树和破旧的瓦房吧
湿润的空气应该受到质问
这是后海的一角
亲爱的，你总在不远处画地为牢

做你能做，想你所想
我知道终点在哪儿
上帝不会把幸福都给我们
只要在崎岖的路上休息一会儿
等等后面的同类

真实

我喜欢的是另一个人

满山遍野地喜欢

我学会了用泪水取暖

用思想淫荡

往前走，四足落地

长长的水泥斜坡，赤裸着

跑过胡同

我们带着脖颈，软盘

彼此再交流

我们不期而遇，隔着百年的良辰

每首诗，每个字

都能摔碎酒瓶

而天空只是少许烟灰

星期四的水，心的翼尖

男女纠缠的缝隙

直到羽箭将它们化尽

而我除了呵呵一笑之外

并不知道什么。膜拜，盲从

穿过街市，我的情人总是无声地流淌

给我慰藉，赐我清凉

前进的脚遇到它的鞋

风雨大作

我们像炭火上的羊

盐，孜然，烟雾缭绕，直到天亮

如同墙上的壁虎，衣物，冷兵器

无声地抹去时间

哦，生命弱小，无法穿在身上

大地沧桑，收下去年的红糖

分特

我需要新鲜的秋天

让桥梁震颤，让桥上的人断断续续

他们已经发炎

漂浮在河流上

吹灭暴风雨

这个黄金地段不预约，不设防

带走血液里的植物

我的爱被你拦截

我敲击木头

不长叶子的花，不开花的果

几只大象低吼

掠走优秀的部分

更多的远远站着

如一座树林。他们去劫狱吗

最好的总是浮光掠影

苦难添满它的深度

信仰破灭是三秒钟的事

活着，总要付出恐惧的代价

秋天更接近本源

这个世界，无声，无形，举着双手

我有短暂的停留

石头

1

我带着朋友路过广场，我发疯地开，
破旧的残疾车似乎要坏，要马上停下。
"留下一股轻烟，我们就离开。"
有时候我们也大吼，唱一两声破摇滚，
偌大的北京有多少饿狼？
大雾咯住行人，街灯被打回原地，
凛冽，没落。
一路向北，我想慢点，
可车子决不回头。

2

即便有雪，夜晚还是要来，
来就来吧！要清晰，说出腹语。
灯光早就默认，
屋里剁白菜的声音，
使母亲更健康。

3

一年的最后几天，

我把钟声捏成椭圆。

把你的诗点成黑体，印出来，

现在它就在面前。

屋子大了——

如果稍等片刻，我也愿意，

因为你在八百里的山上和石头在一起，

这些石头都有历史，

倔强，辛酸，

把它们放进口袋，

天塌下来，也要弓着背。

失水的树，裙子，歌声，一气呵成。

我有一肚子的话

都憋在 50 岁以后重新发芽。

春节回家

钉子里有列火车正要启动，
可前面仍站着那堵墙。
你回家花光了所有积蓄，
也背不来从前。

无题

一样是皮

披在动物身上温暖

到了人类这里

就有许多名堂

母亲和我

昨天，母亲找她的老花镜，
也寻她的困惑。
多希望母亲是个哑巴，
不再这样叨唠。

我是不是太了解自己，
以至于所有的人都变得
陌生起来。

六月

母亲切菜，我对着虚空发呆
没有阳光流下，遮蔽生活的丑陋

炊烟改变颜色
或者你已买好面包和矿泉水

你说："有什么办法使你
不想我，不想女人，从而得到男人的本色"

在石头下面我只想看看青苔
想和你分享哭和自由

让木制的身体得到快乐
丢掉头颅，形成最好的诱饵

今生荒寒，来世恐惧
你说我有一只弹钢琴的脚

我们每日浸润其间
红嘴的鸟飞上屋檐

还有那个给你算命的人
捧起海水却放弃了一次梦见鱼的机会

你说：人生是一次长假
岁月越过越多

你说你在三天后
找到一些比魂还轻的东西

星期天的告别

还要多久啊？最后一个梦幻，
你站在那里，
看着我上车，成为拐弯处
又是叫喊又是尘土。

不着边际的香山，周云蓬

壶开了，我倒出落日，
黄昏是谁？
她安静、空，树枝在疼，
一个人只能有一面
镜子，旧鼓楼多了几家发廊。

如果我们走了很长的路，
来看你，
云蓬，半山腰有没有歇脚的地方，
我实在累，
就像这上坡、下坡的时代。

你说快到了，
你说不着急，我们都要等着自己。

秋天学会了躲藏，
越发透明，

好像"沉默如谜的呼吸",

泼一盆水——

我的兄弟啊再次醉倒,一把一把的

日子往外漏。

你看见我们的命正在加盖子,

自由,爱情,白日梦,这些竹竿敲击着路面——

我们活着是兄弟,

死了下地狱……

蝙蝠

蝙蝠，老者，清晨
仿佛我的诗写得越好越害人

没有答案。你奔逃多年
大海只剩下眸子——

孤独含着糖
我一直想变成漏斗，爱到胸口

同在一条胡同
黑夜化开，我们忘记屋檐下的反抗

贫穷换回羞耻连同它的荣耀
西山喊冤的声音

两个馅饼就能撑到晚上
我做的是小买卖

最好把黄昏和童年一并放弃

兀自去吃盐骗人

火锅

我和母亲在一起
母亲和衰老在一起

我和她在一起
她和大海在一起

我和电话在一起
电话和朋友们在一起

我和不知道在一起
不知道掉下好些土

我和我在一起
大家在锅里，挤来挤去

我和我在一起
大家在锅里，感到了绝望

仿四川山歌

妹妹，你逃走了吗

坐下水的快艇

坐火车

你一直向北

北方有我三百处孤独

一条路

多么好啊，这些剥月亮的手指
她给我看她的桔黄

我不能在天上见到亲人

我不能在天上见到亲人

一朵云或地上的虫子

忧伤伸出来——僵硬的身躯即使在四月

也不得回暖

几个月，我没写一个字

几个月，我天天悔恨

想起去世的母亲，那些我们相依为命的命

说什么也没用了

母亲，我没把你拉回来

没把那只马蹄掌放在灰墙下

我的呼唤只能穿透冰凉和绊脚的悲伤

2005 年，我悲伤

我的右臂灌了铅

我的脚步跌跌撞撞

我的言语憋坏了我

前胸与后背干瘪得像以前的学生

这些不及啊，不及人间的阴影

爱，挣扎，树根，血液

生其心，无所住

直到后一天，我的罪孽成为野兽

我的痛诉落下大片尘土

母亲，我天天祈祷

低于天空的是今生，愿你的灵魂永生

祈祷诗

家门敞开

十月的夜晚在爱的人那边

像一阵风，像梦

落下来。翅膀庞大，我的野心，我的悲伤

就这样漏下去了

生命如沙，我们一起赞美吧

无论是谁

无论在什么地方

还有一个地方身上有硬壳

使我走路很慢

很孤独

等着邮差，我们赞美

北京故事

外面的风眉毛胡子一起吹
我的梦也越描越黑

我的嘴这么撇着
我的胳膊这么摆着
我的这副样子是你想出来
唬谁的

记忆里你穿长长的裙子
看上去没有脚跟
很像蜥蜴
蜥蜴说：要走就走大模样
神态和大地这么亲密
双双苍茫，踏夜而行
距离是听话的蚂蚁

我追不上你，就往回
去北边逗咳嗽

到西部捡沙漠

上南方骗吃喝

夏天称兄弟

冬天熬一锅粥

临了，我把想你的日子搅搅

让红的姓殷

让你叫我龙龙

一户一家

大俗大雅

门上喷鲜红的对联

青砖灰瓦，颇有前朝的入时之风

人们晒太阳，码蜂窝煤

生老病死

勺上雁么虎

把所有昆虫送回家

那些大白菜没把你邀来

堆在驴打滚的地方

给人添不是

张大妈姓屈

曹大妈姓杨

刘大妈姓迟

四合院变成了大杂院

母亲就说我：没魂

九月的问候

一辈子都咸

十月的房子半不

帆布卷起一角

满世界找辙

你揣起沉甸甸的落日

和我闷得儿蜜

你说：这样好的事物

应该深信不疑

福杯满溢

天上的房子

有件单薄的衣服

它使我温暖

当初，神的话语穿过埃及，给夕阳涂上了蜜

下面滚着真理和车轮

我说：我不说了，太吃力，太难

你仍沉默

这是哪儿的东西啊，贯穿大江南北

简单、纯朴，荆钗布裙，愿以感恩的心

记住这些美葡萄

我们的脚藏在小时候的沙土里

用皮筋拴住，再用母亲的喊声捅破窗户纸

再用母亲的布包裹我们的石头

妈妈，外面下着雪

一点也不冷

妈妈，别把我忘了

我太奢侈：多次梦见你回家

多次留不住

妈妈，我有过幸福

我有过得到幸福的那本黑皮书

妈妈，别把我忘了

我丢了声音把眼睛弄疼

我在大兴孤儿院走了很长一段路

我告诉你：男人不怕老

我既是男人又不是，因此，我不怕死

有时美人和祖国同时向我招手

我就成了房上的狂草

这头是小小的人，
那头是小小的人，
中间是扁扁的镜子吗？

上帝啊，我跪久了站不起来
内心充满了矛盾和怀疑
我不是虔诚的人
闪电，钟的摆动，昆虫，都不是虔诚的
怎能攀比脚下的黄土

这是谁的身体不听我摆布
这是谁的灵魂渴望另一个的融和
这是谁留下的
叫我打开，叫我合上，并且着了幸福的道

风的弟兄，雨的姊妹
大地推荐了城堡，海洋收留了罪和食人鱼

只有一只手

伸进怀里，让我们察看自信。

父啊，那是婴儿哭出的没有受伤的

光明啊！

我的亲人，你们的不相信在传说中

在上帝的恩典里。

好像摩西的拐杖，

被烧，被咬，被彻底摧垮

我知道祢的奇妙

我就是其中的一个奇妙，古旧并且泛黄

像一册书被淹没，躲过凶恶

让我怀念今天的复活

怀念钢琴和喜悦

让我缓缓而行，托住卑微

让我的短信换成基督的左手

让复活蛋剥开，让千年后的沙尘暴悬在门口

让春天使劲鼓吹

让陈姊妹用歌声一个一个把我们送走

直到最后

火车小站

火车小站躺在山脚下
眼圈发黑，骨头在外

它翻了个身，身子很飘
它把轮椅叠上
叫一群有信心的人拥有神奇的生命

一点也不平整，像你们的盘问
如果问我
我就傻了

拎出几分春色
是一列火车
被大漠举，夕阳含，蝎子蛰

软肋

我的软肋实在太多，
它经常受伤，有时痛得想变成爬行动物。
在墙上，在洞窟中一动不动，
动动就有灭顶之灾。
这时候，我只能把它贴在胸前，
我的胸怀有一口锅大。

它陪着我走了很远，
它说：你放不开手脚，
千百年，你的自由糊在一张黄黄的脸上，
你的粗糙剥下人皮。

远离我的岁月啊，
火车进站时的青春和血。
一块钢曾经炼得通红，
女人在里面灿烂。如果我说桃花比不上她们，
那些桃树就邀来山里的雾和驴车，

它们长年聚在一处……

就像我们的孩子
长那么高
还没摸到一块云彩。

我们都是泥土捏的，
有上帝，也有上帝留下来的洪水，
从天而降，掉在更大的坑中，像压扁的水桶。
穷人更穷，富人更富，其他的更流氓。
噢，我的软肋！

杨家桥村

从这走到那
从狗走到羊
乡下的院子每天都要长

羊天天吃草
最后一天，我们吃羊

我们吃羊，我们谦卑下来
化成泥土
捧出草根。天空拍马而去

那条狗
前爪在后，不敢声响

人是人，妖是妖

两只手，
只用一只手照顾一只脚。

你看我们都是上帝的孩子，美不胜收。
我们的脸贴在一起，叫那个人妒忌。

帝国太大，应该分一分，
与失散了的人心，碰杯。

红色的美酒啊，
全城都知道戴五角星的男子在城外！

十二分的命
哪怕有一分含糊，就不能破碎。

我的梦笼罩了我，
不在英格兰。

我是我的皮毛。

遗下一生才能裹着你的浪子本性，回到幽州。

回来吧，这里和八百年前一样，

八百年前，人是人，妖是妖。

榭树

我得罪过你
我站直想听到你的声音
我很遥远

我躲你
我接你到鼓楼北门
我替你护住青春或空手套白狼

我的铁锯
在木头里来回地跑
好像传说中的马
大汗淋漓的天空
我有 669，有然墨的酒瓶
我在东北独自流浪
方位是赫图阿拉古城

我不知道你们怎样的互相知道

我知道自己有几斤几两

我错过的东西

都是亲爱的

是美女，又是野兽

我在平原上谈情说爱

爬山时晕倒

我等骗子

我不等你幡然悔悟就走了

我的时间好像船，两头上翘

中间是洼地

你在上面打横

我希望开平就在我的车上

我是南来北往的游客，爱上淳朴的妹妹

祖国在她的乳房里歇息

我把丰收拴在地头

把孩子扔在家

我的脚趾不多不少，是大地的孕期

分布在辽，冀，晋，豫，陕，甘，皖，浙，赣，滇

血液交错，根缠绕

欲望大而粗

我是野生的槲树

倒着活

下周我八十岁

下月我四十

明年到你的年龄就能见你了

别的

别的月份是扑克牌里的 Q，

疙瘩，

筐，皇后，奶酪，

别的月份，女子踮起脚张望。

卫星要上天，

香椿树要被人扒皮，

那是一辈子的性，欲，野心啊，

套出来，口口不散。

满嘴跑火车

觉得自己像小学生被老师批，
老师是早点，
吃了它，一生都不饿。

我的第一本诗集，
经过千山万水，终于到了根据地。
半辈子的心血！
即使半辈子，也有好多诗歌无端地被砍，
没砍的也不同于从前。

四十多岁啊，一只大口袋，
揣着明白装糊涂。

要改一首诗，一个词，意思可能就没意思了，
况且，那些都是无可替代的，
敏感的，灿烂的，宗教的，龙龙的。

鸟诗

鸟巢和鸟蛋逗我新鲜

它们中间发一片古老的民宅，好像一碗片汤儿

我在碗里胡吃闷睡了 40 多年

始终没醒

见天，开车北走

时不时地把几个环套在一起

我说北京滚成了琉璃球

你们不信

你们找不着北的时候，偏爱打听有关鸟的一切

飞来飞去的也有外国鸟

旁边拉着小姑娘

人五人六的

把酒吧一条街翻译成笼子，把自由哄着

野生的都拆了

长出前门楼子那么高的杂草

你们约我周末打水漂儿去

这没个准谱

想想，鸟的没谱让人吃了多少挂落儿

这不，好多鸟在巢里歇不住

它们唱歌，奔跑，拥抱，起哄架秧子

殷龙龙诗歌朗诵会

像许多人一样
我也请殷龙龙签名
然后绕到前面，替他上台
闪光灯、新娘、鲜花
上台不是出丑
我够丑
我要一个随便抓来的红盖头
给你

像许多人一样
我给你空虚
长期谋害大脑，亲爱的
大脑欺负小脑
小脑老实巴交，半点不着调

我在北京放鹰
一百年不尿你

我的签名潦草、笨拙

我的作品无味但请你喝下去

午餐还是别人订好的

有头有脸的没来

我们自己瞎玩

车马费、阅读费、朗诵费这些都没有

我是拔不出毛的公鸡

许多人捧着

小心翼翼，他们以为我是玻璃

和我握手，拍照

我写不好诗他们一样鼓掌

我不说话他们一样寒暄

他们来自五湖四海

他们知道我是竹竿上一遇大事就哆嗦的旗

四月

我活着，母亲活着，

我死了，母亲仍然活着。

生生死死，不过隔着一张清明的桌子。

逃生

我的声音全部逃走，披头散发，像一群年轻的女人
她们的眼角晶莹
游出苍老的鱼。左手和右手互搏
它们绑我去游街

穿 11 月

不知道这个冬天该怎么过

这个冬天

穿衣就穿一个小时

不洗澡不脱衣服

不做爱不脱衣服

衣服啊，你就是我最亲近的人

你的脖子长出我的头

你的胳膊露出我的手

你的胸脯紧紧拥着我的心

你的皮肤下埋着一个不屈的灵魂

从一数到无穷大

我改一下穿衣的习惯

就像模特，布料和肉体融为一体

白天睡觉

晚上拉着你去簋街

你爱的人
狠歹歹，把他的老婆打跑了
你几次想断绝和他的关系
你去医院
艾滋病拥有一夜的特权
你在我面前，只有一次没化妆
年纪轻轻
瓜熟蒂落

你喜欢的人
不是流氓就是诗人
你有一只耳朵贴在胡说的隔壁上
你在北方款式旧了
尺寸也长了
你的父亲和我一起战斗

你的男友全部牺牲

你的女儿长大后做龙龙的新娘

你亲手捅我一刀

你的审判带着更多谎言依然生机勃勃

我啊

像一名狙击手

到死都想越过冬天

祖国宠物

我提起裤子，走出远古，

这里不再有童话。

意外的是你们愿意和我交往，城市林立，土地荒凉。

我不能说不能走，足够自傲。

你们询问吧，除了西红柿还有天空，

除了祖国还有宠物——

如果脆弱的心脏不能正常跳动，

脸部痉挛，受尽侮辱，

请在脖子上挂一张发面大饼，出去旅行，

向所有的人宣我的诗，

这是唯一的清凉，

这是你们的路。

款冬

我总愿意你给我穿衣服
左右都是张牙舞爪

以后我说话吃力了，你也代替吗
伸到颅腔
挖那些的脏东西

不到开春就不能掏心窝子

等你等到蒜打薳

我答辩时穿什么衣服
我先洗澡
我有一天不见了，你的脸会花吗
跟唱戏的一样

我到中年的时候
你死了，怎么办
我现在就把你的骨灰密封起来吧
免得漏

我和你打炮是因为沉下去浮上来的戏词
滋润一生
炮弹溅起另一块土地
这期间我如同虎豹。你伸出食指
不带这么森林的

过几小时把你掩埋

那么多的树叶，上面肯定有昆虫的记事本
它们占去我的好与不好
大部分都便宜

让时间停止，我得自由
让我停止，此处当然略去九个字

我等我的青年不再文艺了
我的设计不再工业了
我的蒜打蔫了
我的青衣走板了
我的流言和周密的爱不再混淆了。从此，两清

徐家汇黄昏

在教堂前拍照，我们的影子
洗着灰尘
再看一眼就成致癌物了
前年的落日
今天开始播种

求你追我
剩下的
叫一个人终身脑瘫

那是谁的心脏每天照常升起

那是谁的心脏每天照常升起，他的血四处奔走最后与我们相遇

那是谁把有补丁的白大褂洗净，晾在屋顶，天地在前面歇了

那是谁覆盖河北，不小心把你的杯从 A 变成 C

那是谁手上吃了劲

阳光摔进屋。这年头，出门开车也要赞美这个破生活

浪诗

你不必浪

我的诗已经燃烧，或身怀六甲

母亲落在身上，像飞虫

像情人的女儿

我能爱两世。她们

永生

你不必浪

我的诗掉了一路，根本不能捡

当双臂分不清左右

就拥抱你，当你选了新韵母

不再回来，我的腿啊！那些人世，那些不公

你最终成了远去的女主角

成了裸体的词

带白霜的冬瓜

我的诗也有合理的成分

不光是活埋名单和朝阳公园的约架

我的诗站着是盲人

先铐上自己

下午不必浪

吸氧时变成蜜蜂

三分美女不必浪

她一直瘦，瘦的总是时候

写序的不必浪

以耶稣之名，排山倒海

琼娃子不必浪

老爷不必浪

图拉伯不必浪

让喝儿蜜的游戏——第二乱后

再次被取消吧

我的诗早就有明知故问的嫌疑了

把真话拔出来

像萝卜洗掉它的脑髓

我的诗在纸上，有城堡、红酒、士兵哗变

也有川版的美雕

清秋

十月连着呼吸。我喝了茶

令人不安的是厨房出来一角，鬼怪退缩一分

是逝去的火

将你拧到八十年代——坏先生把诗写得凶而且气势磅礴

把三大战役拉回来重新打

一个刚刚互粉的平面的女孩

品尝起来像地雷

看来你的不准时叫你崴了脚

爬山的海突然从灵魂里长出黑夜的歌谣，它们有细枝粗根

有你想不到的市场和天然的肥料

我比你更亲近他们对你的亲近

丰满、快速，像城铁

我如此说，你如此去，好像一个丰收的孕妇上了车

在柚子里找到苦，那是我的兵荒马乱安慰别人

更多的只为眼跳，火柴棍，鼻涕，舌，下巴悲伤

因为你看见了不太流利的人

睡醒时还看见星期六的细菌
感染了星期天，酒会被迫取消
一定还有一个袋子在门口
而你忘记的，会在梦里提出半斤阳光

与栗宪庭合影

栗树咖啡馆，里面挤满了种子。

我告诉你颜料使蓝大褂恢复了日落。

我像一枚腰果。

夜晚的阔叶，

不会独自行动，明天在活埋里出生，

成为 201 个大哭的婴孩。

旅行

我不断地引诱你，不假思索，像八卦的河流

我现在只是一个虚幻的词

在街头坚定不移：陈独秀那样叛国，胡适那样坐享其成

在江南，不是每一片水称王称霸

不是每一座山掀翻更高的山

换上短袖失去领导的气质

从去年，从今年，你看我，你来。我拿你十万首情诗

编一部法典使唯物主义消失，使唯心主义再消失

硬卧变成你的血肉

余姚接受质问。我和马一样，驮着双眼皮的忠诚

我漏掉飞禽

知道它们和我信同一上帝

同在艾老师家中做巢

我随武汉，一分为三

亲啊，你到底喜欢什么样的风格

龙龙的文字像途中的大山不断展现在平原上

贯穿始终

每块平原都有响马和游击队出没

亲啊！我能猜透你，让你的地图缩小

让你的城沦陷

不设防。这个铁丝网的春天我不断地学坏

去中山大学传授坏的方法

留下坏种子

化脓

不屑做一千五百万逃税人的债主

背叛自己，把伤口嫁接给

陌生的南方。我看见陌生人一步三晃，在助行器后面学坏

拐过几个省，快递蜜色的诗集

你收到的将是十万首真诚而无言的情诗

写译六行

我的鞋子还是过冬的鞋子

我的爱却不合适了

一根长绳捆绑地图、火、墓碑，拖到三月里

你的生日推开今天的门

沙尘，沙尘，沙尘原本存于江湖

江湖原本无相忘

传闲话

把女人给你们，一百个放心
搞定我，岁月一圈一圈的，打家劫舍
诗歌为什么分行
一再减肥，直至总崩溃

火车如烟

我答应你

在冬夜一定带着魔幻色彩出门

带着清晨 6 点的心脏

晚上 7 点的地铁

默许的事不知从何处赶来

老人的帽子、围脖、雪橇，它们的泥土

翻译了母亲和孩子

左手吵醒它的同胞兄弟

欢迎回来，欢迎

我们宅在家的圣诞节

至今仍把孤单视为多年可模仿的朋友

你掰着指头算过年的时间

你的胳膊、腿、嘴巴都在算，我知道

你织的坎肩也在算

就连上面布满小坑，一般套在中指的顶针也在算

火车躺在身旁

一棵青草、一百棵青草、十万棵青草

还有几片雪花

默念口诀，它们企图蒙混过关

去或者留

母亲走了，她用过的碗筷、锅、笊篱也走了
挂在墙上的照片走了
屋外的大风退去。厨房从屋前
移到屋后

冬天漫长而短暂，一首曲子
给桌上的钟留下阴影，但指针"滴答""滴答"走
母亲枕着黑夜摸不到的部分
给失眠的人催眠

光阴和它的头发
催促我把烦恼往后梳

括弧里的那句话，在括弧外
震醒几只昆虫
像老人的眼睛，临走前，盯住熄灭的爱

纸上的黑与白走了

带着诗句：一些飘忽中，生命荒凉

水上的船载着女孩、女人

轮椅走入森林

红杉下面的椎骨，一根冰针

疼痛"轰"的一声散去

受洗穿过的白袍还在教会

为我施礼的牧师却回去了，他的美国需要他

朋友们早晚也要走

或先或后。世界宽容却不收任何人

书摞起来

它们不能走。它们是泉

从高处往下流

下面放着手机，一个精巧的家伙

雕出声音、文字、影像

我的魂借宿在体内，我的灵侧身出来
我的出生纷纷飘落
在笔下，连笔都快成鹅毛大雪了

母亲系紧一条回家的路
再接住婴儿
身份泥土一样干净

母亲让我走在铁轨上
这条路笔直，冰凉，能觉出人世的震颤
我不再把脖子弄断

母亲下一刻
邀请高和冷，教我在慢星球上走
脚步带着磁性

像一列将要进站的火车

树脂包着昆虫

隔离雾霾。难道我呼吸的是自己的韵律么？

如果像虚无那样自由，谈何去留？

母亲把好的放在开始

再把好的放在开始的开始

这样循环往复，我就可以倒着写诗

天天飞

这人世，一个破绽就卖了我
只有逃，逃进胃

每个简单的动作
都在喘粗气，爬悬崖

把简单的抻成面条
与肾一同狂欢

移动 4 米，加上冬天等于 18 米
加上孤独。一动胳膊，肋骨嘎巴嘎巴响

努力握住喝水的杯子
即使投降，也要把嗓子清清

炒豆

感谢秋天，让我活过了 50 岁

把血重新塞进血管

感谢粗口的黄金使大地更软。豆子、钢、哨

一个季节就是一口锅

杀到哪里哪里叮当乱响

我喊，分享虚无的手艺。再喊，吃掉它

感谢吃货

腮总是很鼓

黑眼仁总是很少

十一月·水泥地

在水泥地上画一个妈妈

我就在她怀里睡觉

妈妈，冬天不冷

睡前把鞋脱了，放在旁边

冬天，曾经是个童话

不该发生的，不冷

贫穷也不冷

冬天，不该坐上一块钱的公交车

一去不返

终点站不该出现

我不小心跌倒了

跌在妈妈的怀里

所抱着的疼痛是那颗最小的小行星

它也有一支粉笔

它不发光

只是活在另外的夜晚

深埋，吃土

影子挥之不去啊

要怎样，才能画出手

垫在妈妈的背后

图书在版编目（CIP）数据

我无法为你读诗 / 殷龙龙著 . —北京：北京联合出版公司，2016.7
ISBN 978-7-5502-8182-0

Ⅰ . ①我… Ⅱ . ①殷… Ⅲ . ①诗集—中国—当代 Ⅳ . ① I227

中国版本图书馆 CIP 数据核字（2016）第 161874 号

我无法为你读诗

作　　者：殷龙龙

选题策划：**后浪出版公司**
出版统筹：吴兴元
策划编辑：梅天明
责任编辑：李　征
特约编辑：黄杏莹
营销推广：ONEBOOK
装帧制造：墨白空间·王斑

北京联合出版公司出版
（北京市西城区德外大街 83 号楼 9 层　100088）
北京天宇万达印刷有限公司印刷　新华书店经销
字数 118 千字　889 毫米 × 1194 毫米　1/32　7.25 印张
2016 年 8 月第 1 版　2016 年 8 月第 1 次印刷
ISBN 978-7-5502-8182-0
定价：36.00 元